前　言

随着时代的发展，书法作为我国的一种国粹，在各行各业中的需要显得尤为重要，就连外国友人也不惜飘洋过海来中国研习书法。

为便于初习书法者从多角度了解书法文化的博大精深，编著本书时收集了被国人公认为书法瑰宝的赵孟頫《玄妙观重修三门记》。分别从笔画、笔画组合、字体结构等方面加以说明，真正做到由点到面，由浅入深的规律，并采用传统的米字格套红印刷，清楚明了，使习字者能够准确地把握汉字的结构特点，便于研习临摹。

由于编著时间仓促，加上编著者对书法研究的水平限制，所以书中难免有错误及缺点，敬请书法专家及爱好者批评指正，不胜感激。

编著者

2003年1月重修

练字须知

1、写字姿势

正确的写字姿势不仅有益于身体健康，而且为学好书法提供基础。其要点有八个字：头正、身直、臂开、足安。

头正：头要端正，眼睛与纸保持一尺左右距离。

身直：身要正直端坐、直腰平肩。上身略向前倾，胸部与桌沿保持一拳左右距离。

臂开：右手执笔，左手按纸，两臂自然向左右撑开，两肩平而放松。

足安：两脚自然安稳地分开踏在地面上，分开距离与两臂同宽，不能交叉，不要叠放。（如图一）

写较大的字，要站起来写，站写时，应做到头俯、腰直、臂张、足稳。

头俯：头端正略向前俯。

腰直：上身略向前倾时，腰板要注意伸直。

臂张：右手悬肘书写，左手要按住桌面，按稳进行书写。

足稳：两脚自然分开与臂同宽，把全身气息集中在毫端。

2、要写好毛笔字，必须正确掌握执笔方法，古来书法家的执笔方法是多种多样的，一般认为较正确的执笔方法是以唐代陆希声所传的五指执笔法。

按：指大拇指的指肚（最前端）紧贴笔管。

押：食指与大拇指相对夹持笔杆。

钩：中指第一、第二两节弯曲如钩地钩住笔杆。

格：无名指用甲肉之际抵着笔杆。

抵：小指紧贴住无名指。

书写时注意要做到“指实、掌虚、管直、腕平”。

指实：五个手指都起到执笔作用。

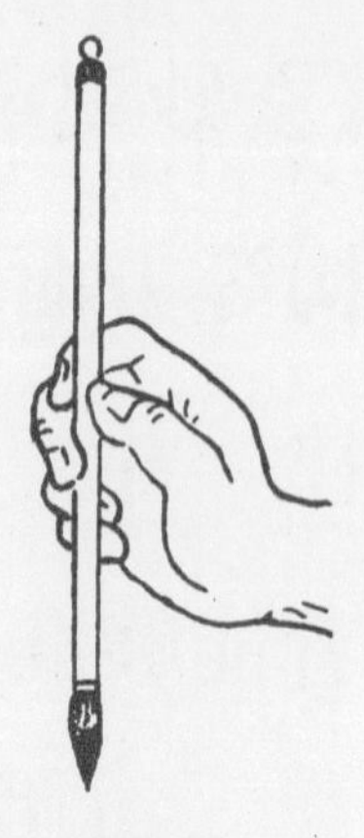

掌虚：手指前紧贴笔杆，后面远离掌心，使掌心中间空虚，中间可伸入一个手指，小指、无名指不可碰到掌心。

管直：笔管要与纸面基本保持相对垂直（但运笔时，笔管是不能永远保持垂直的，可根据点画书写笔势，而随时稍微倾斜一些）。（如图二）

腕平：手掌竖得起，腕就平了。

一般写字时，腕悬离纸面才好灵活运转。

执笔的高低根据书写字的大小决定，写小楷字执笔稍低，写中、大楷字执笔略高一些，写行、草执笔更高一点。

毛笔的笔头从根部到锋尖可分三部分（如图三），即笔根、笔肚、笔尖。运笔时，用笔尖部位着纸用墨，这样有力度感。如果下按过重，压过笔肚，甚至笔根，笔头就失去弹力，笔锋提按转折也不听使唤，达不到书写效果。

3、临帖要求

① 字帖放置于书案左上方，如备有临帖架最好，可放在正前方。砚台放在右上方，练习用纸正对自己，不能歪斜，书写 时可上下左右移动。

② 墨不宜蘸得太饱，养成一笔墨写完后再蘸墨的习惯，不能写一笔就蘸墨。

③ 字不能写得太肥或太瘦。学习书法要在“韧劲”上下功夫，开始临帖应写得稍瘦一些，书写以慢为宜。

④ 书法格式为从上到下竖写，先写完右边一行，再接写左边一行。

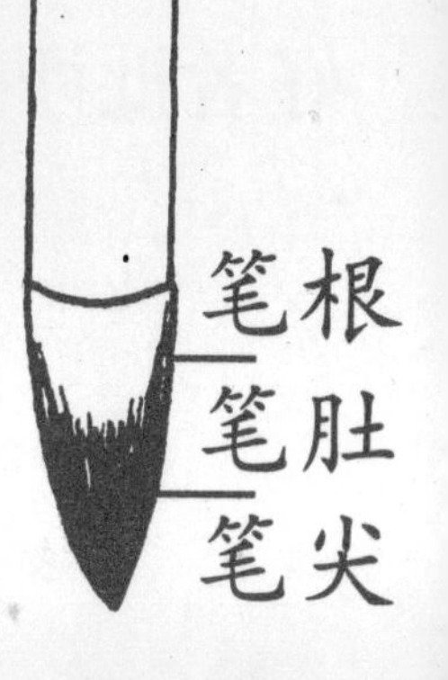

⑤ 每天的临帖时间应保证半小时以上，至少应写二十字，节假日也不要间断。当然，如欲在书法上有所成就，这点时间是很不够的。

一般点画都是起笔藏锋，收笔回锋，中段缓缓运行。初学可参照点画运笔动作图示，但请千万注意这只是为初学方便而提供的动作分解图示。事实上点画的运笔都是一气呵成的，决不是简单的机械动作的重复。因此，临写点画既不能信手涂鸦，也不能像木偶一样僵化。一定要在教师的指导下，在临习中逐渐领悟笔法，否则，一旦形成习气，纠正起来就不容易了。

⑥ 字的结构要经过较长时间的临习才能掌握。应先看清楚所写的字后再下笔，尽量养成看一个字写一个字的习惯，不能看一笔写一笔。特别要注意第一笔的起笔位置。初学只要能把字工整地写在格子中间就算达到目的。

⑦ 米字格是供临习书法用的界格纸，便于临帖时对照范本字形，掌握点画位置，充分利用米字格，能帮助我们尽快掌握字的结构安排，把字写得端正、匀称，为过渡到“背临”奠定良好的基础。

4、习字名词术语解释

临摹：习字之法，统称“临摹”。细加区别，则为二法。“临”是置范本在旁，观其大小、点画形态、结构布置而对照书写；“摹”是以薄纸覆于范本之上，随其曲折婉转用笔描习之。

执使转用：“执”指执笔，“使”指运笔，“转”指行笔的转折呼应，“用”指点画的结构安排。唐孙过庭“书谱”云：“执”为长短浅深，使为纵横牵掣，转为钩环盘纡，用为点画向背。清笪重光《书筏》云：“笔”之执使在横画，字之立体在竖画，气之舒展在撇捺，筋之融结在纽转，脉络之不断在丝牵，骨肉之调匀在饱满，趣之呈露在钩点，光之通明在分布，行间之茂密在流贯，形势之错落在奇正。又云：“使转圆劲而秀折、分布匀豁而工巧，方许入书家门。”

指法：执笔时手指的合理分布和运用及相互间配合的关系。指主执笔，腕主运笔，二者配合恰当，才能合理用笔。古人说“执笔欲死”意即执笔应实在、肯定，不能轻飘虚浮，当然也不能僵硬强直。

掌法：执笔时手掌配合指、腕，必须做到“虚”、“竖”的要求，才能指挥如意，故历代书法家均有“指实掌虚”、“腕平掌竖”之说。

运腕：依靠腕部的力量运笔称运腕。字无论大小，应以运腕为主，运腕比运指力量足，活动范围大，控制能力强。

提腕法：运笔作书时，右手肘部搁在桌上，腕部提起，此法适宜写小字、中字，但需注意肘部不宜紧贴桌面，否则力气不易通过肩、臂贯注下来。

悬腕法：整个右臂离开桌面虚空悬着，使全身的气力通过臂、肘、腕、指，直到毫端。写大字和临习本帖时应采用悬腕法，与悬腕常相提及的是悬肘，运笔时要求抬肘松肩，肘部悬起，如此则全臂不受牵掣，腕方能灵活运用。然而近人沈尹默先生认为悬腕即是悬肘，他说：“前人把悬肘悬腕分开来讲，主张小字只须悬腕、大字才用悬肘”。其实，肘不悬起就等于不曾悬腕，因为肘搁在案上，腕即使悬着，也不能随己左右地灵活运用。

指实掌虚：执笔的要领。按、押、钩、格、抵“五字执笔法”，五指即能紧。除小指贴于无名指之下外，其余四指均执住笔管，力在指上，如此，掌亦自然虚。明彭大翼云：“用笔之法，指实则用力均平，掌虚则运用便易。”

笔力：从字的形态中所体现出来的“力”的感受，是从书法艺术的审美角度来理解的，与物理学上的“力”不能混为一谈。

中锋：用笔的关键技法之一。作书时，始终保持笔头的中心锋芒走中路，其所走的轨迹在点画的中间。历代书法家多主张写字要做到笔笔中锋，这是因为用中锋行笔，墨汁顺笔尖流注而下，不是上下左右偏斜，而是均匀向四面渗透，点画就自然显得饱满圆润。因此，中锋用笔是学习书法的重要内容，必须在正确的执笔、运腕的基础上反复领会。

侧锋：行笔时，笔的锋芒偏向点画的一侧。写出的点画一边光，一边发毛。通常书家认为侧锋是不可取的，但在行、草书中使用侧锋的例子还是比较常见的，只是初学者不宜使用此法。

藏锋：笔锋藏于点画之内而不外露。在起笔和收笔之处，凡不露锋芒的皆称为藏锋。藏锋写出的点画凝重含蓄，力不外露，古人谓“藏锋以包其气”，就是指的将笔力蕴藏于点画之内的道理，其写法是，起笔处笔毫逆锋入纸，收笔处往来的方向回锋。

露锋：亦称出锋。无论起笔收笔，凡笔的锋芒露出点画外的都称为露锋。露锋使字的神情外露。增加了字的灵动，同时将字里行间的呼应关系显现出来，给人以流畅的感觉。行书和草书运用露锋随处可见，楷书中出现露锋多在撇、捺、钩、挑的收笔处，但须特别注意出锋要用中锋，否则点画扁弱无力。

抢笔：又称“空抢”。行笔至笔画末端，借手腕下行的力量往反方向一缩，笔悬空反弹，这一瞬间的“回力”，笔力已送至笔尖，写出的锋势挺拔劲健，而无“虚尖”之病，凡收笔出锋的笔画用此法最多，如下尖竖、撇、捺等。

挫锋：又称“挫笔”。运笔时改变行笔方向的动作。一般的写法是，行笔至转角或出钩处，先顿笔然后把笔略提，转运笔锋以改变行笔方向。注意停笔，顿笔和转笔是一气呵成的，太快则交待不清，过慢又疲软失势。

转锋：转锋与折锋相对而言，是写出圆的点画的用笔方法。所谓“转以成圆”，不露锋芒棱角，转的关键处笔不停驻，提笔暗暗转过，有浑然天成之意。

提笔：提笔有二义，一是提笔离纸，接写第二画，二是在行笔过程中的提笔，笔不离纸，所写出的线条较细，但极具韧劲。

按笔：与提笔相反，笔往下按，行笔过程中且行且按，出现的线条较粗。应注意下按之力不宜过大，否则线条浮肿无力。实际上，写字的过程就是笔在纸上提按交替的过程。一画之内或是点画之间，有了提按交替，就有了轻重变化，从而也就有了节奏感和韵律感，所书之字就显得神采飞扬了。

顿笔：与按笔近义，但按下之力略大些，所谓“力透纸背者为顿”。一般顿笔有顿下略停的意思，在点画的起止处用得最为普遍。

轻重：历代书家认为用笔应力不过腰，意即用笔不宜超过笔毫的一半，否则神气涣散，有浮滑之弊。故以用一分笔为轻，用三分笔为重。书法用笔的轻重首先表现在一画之中的轻重变化，其次表现在点画之间的轻重对比，如所书之字无所谓轻重，给人的感觉必然缺乏生气，只是机械的重复而已。

缓急：缓慢急速的用笔方法。缓使其点画凝重，急使其点画生动，故缓得其形，急得其势。写字是快与慢的有机配合，若是只图快，则点画轻飘，一味地慢又使点画呆滞。清代宋曹《书法约言》云：“迟则生妍而姿态毋媚，速则生骨而筋络勿牵，能速而速，故以取神，应迟不迟，反觉失势。”初学书法宜慢勿快，特别是点画中段的行笔过程，应缓慢徐行，即古人所谓“留得住笔”。

方圆：方笔和圆笔的用笔方法，点画的起、收和转弯处出现棱角，顿笔后折锋写出的部分称为方笔。方笔写出的笔画方整峻利，气势开张，精神外溢，故又称为“外拓”笔法。相对而言，凡点画的起、收和转角处不露棱角的都是圆笔，变换行笔方向处提笔暗转，且行且提。圆笔所书点画浑劲绵韧，笔意紧敛，所以又称“内 擫”笔法。

逆入平出：起笔处，笔锋从相反方向逆锋着纸，随即转锋行笔，使笔毫平铺而出。

万毫齐铺：作书时笔毫一齐着力，根根笔毫都发挥作用，毫铺纸上，四面势足，即所谓“万毫齐铺”，亦称“万毫齐力。”

无垂不缩、无往不收：用笔的基本法则之一。指运笔时的笔势有来必有往，有去必回，有放必收。如此用笔才能气韵生动，神完势足。写竖画至收笔处将笔锋回缩，写横画至收笔处须把笔锋回收。这样写出的笔画自然前后呼应，而笔力也蕴藏于点画之中了。此说最先创于宋代米芾，他用“无垂不缩，不往不收”这八个字道出了书法用笔的精髓。

笔势：各种点画都有各自特殊的形态。表现这些姿态不同的点画要靠用笔去完成。用笔当然也必须顺从点画的形态，这就形成了点画自身的笔势。又因点画在字中所处的位置不同，历代书家用笔结体也各具特色，所以笔势也就随之而异。笔法是写任何点画必须共同遵守的基本法则，笔势则因人的性情和时代风尚而有肥瘦、长短、曲直、方圆、巧拙、和峻之区别。

取势：点画和结体取得态势的技法。通常认为中锋以运笔，侧锋以取势。要“竖画横下笔，横画竖下笔”，“欲左先右，欲下先上”这些动作都是为了取势，结字时的参差错落，动静相衬也是为了取势。

间架结构：点画之间的联系，搭配和组合，与结字、布置同义。落笔之前，先预想字形，不信手任笔为体。唐孙过庭书谱云：“初学分布，但求平正，既知平正，务追险绝，既能险绝，复归平正。”

分行布白：安排字的点画结构和布置字与字，行与行之间关系的方法，字的点画有繁简，结体有大小、疏密、斜正，故分行布白是为使其上下左右相互影响，相互联系，以达到整幅浑然一体的艺术效果。

计白当黑：点画安排的原则之一。指将字里行间的虚空，即“白”处，当做实在的点画“黑”，来加以布置安排，使其黑白相映生辉。古人云：“字画疏处可以走马，密处不使透风，当计白当黑，奇趣乃出。”

笔意：书法作品的意趣、气韵、风格等，表现在点画的姿态、字体的结构当中，与笔法、笔势同为书法三要素。沈尹默《书法论》云：“笔势又是在笔法纯熟的基础上逐渐演生出来的，笔意又是在笔势进一步互相联系、活动往来的基础上显现出来的，三者都具备在一体中，才能称之为书法。”

笔断意连：写字时点画虽断开，但笔势仍相连续叫“笔断意连”，或“意到笔不到”。唐太宗赞王羲之的书法：“观其点曳之工，裁成之妙，烟霏露结，状若断而不连。”

精气神：指字里透露出来的精神、气韵和神采。这是作者的艺术造诣和精神气质在书法作品中的反映。精、气、神是统一的整体，是不可分割开来理解的。宋苏轼论书云：“书必有精、气、神、骨、血，五者缺一不成为书也。”

沉著痛快：沉著指用笔厚实而不轻浮，痛快指用笔爽快利落，两者本来互相对立，而书家往往能把它们统一起来。表现在字中既笔力雄强，又笔势流畅。沉著痛快是书法的高级阶段，要经过长期的磨练才能在字中体现出来。

锥画沙、印印泥：比喻用笔方法，宋黄庭坚云：“如锥画沙，如印印泥，盖言锋藏笔中，意在笔前。”锥锋画进沙里，沙形两边凸起，中间凹成一线，以此来形容书法“中锋”“藏锋”之妙；印章印在印泥上，不会走失模样，形容下笔既稳且准，能写出心中所构思的字迹。

折钗股：写笔画的转折处，要求笔毫平铺，锋正圆而不扭曲，如钗股虽经曲折而其体仍圆，以此来比喻转折的艺术效果，清朱履贞云：“折钗股者，如钗股之折，谓转角圆劲力均。”现时可用折钢丝来理解，钢丝虽经曲折，但转弯处仍圆劲有力。

屋漏痕：以写竖画为比喻，要求行笔时不可一泻直下，须手腕微微时左时右顿挫行笔，如屋漏之水顺墙壁蜿蜒下注，则笔画圆活生动，传为颜真卿所言。

永字八法：以“永”字八种笔画为例，阐述正楷点画用笔的方法。其法称点为“侧”，须侧锋峻落，铺毫行笔，势足收锋；横画为“勒”，须逆锋落纸，缓去急回，不应顺锋平过；竖画为“努”，不宜过直，太挺直则木僵无力，须于直中见曲势；钩为“趯”须驻锋提笔，势足出锋，其笔力才集中在笔尖；仰横（挑）为“策”，用力在发笔，得力在画末；长撇为“掠”，起笔同竖画，出锋要饱满，力要送到笔尖；短撇为“啄”，落笔左出，要爽快峻利；捺笔为“磔”，要逆锋轻落，折锋铺毫缓行，节节加力，势足出锋，重在含蓄。后人亦将“八法”两字引伸为“书法”的代称。

赵孟頫

《玄妙观重修三门记》简介

赵孟頫（1254-1322），字子昂，号松雪道人。元吴兴（今属浙江省）人，宋亡仕元，官至翰林学士承旨。幼聪慧，过目成诵，诗文、书画、金石、音乐均有很深的造诣。其书博采众长，初效宋高宗赵构，中学钟、王诸家，晚法李邕。真、草、行、隶、篆无不妙绝古今，名闻天下。

《玄妙观重修三门记》，巘 撰文，赵孟頫书，时年38岁，原作纸本墨迹现藏日本东京国立博物馆。此碑用笔谨严而起至有法，骨力劲秀而流动活泼，乃“天下赵碑第一也”。

此碑的笔画特点：以行入楷，笔势往来十分清晰，转折处多方笔，显得精劲而灵活。

此碑的结构特点：结体开张宽博，取横势，有丰神疏朗、端庄雍容之态。

基本笔画训练　（赵孟頫楷书）

点画

侧点（一）

露锋起笔，落笔后即向左下带弧度压锋，收笔向上回锋。

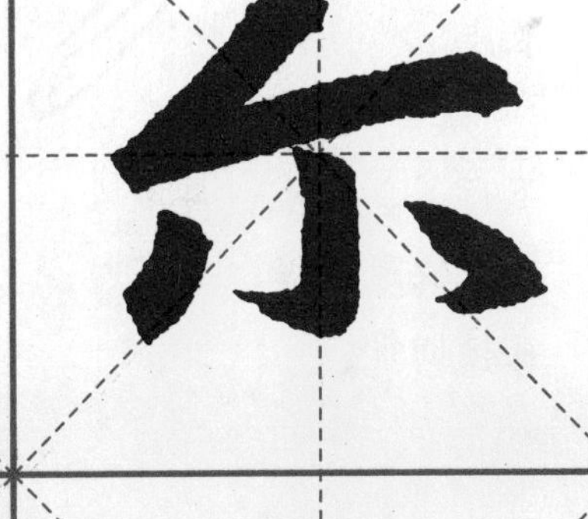

侧点（二）

露锋起笔，向右下行笔，渐重，再渐，轻收笔。

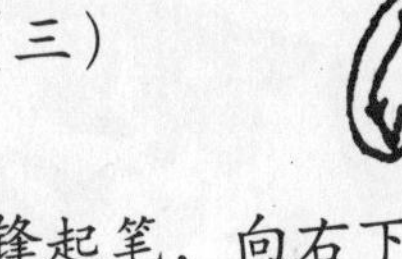

侧点（三）

露锋起笔，向右下行笔作顿势，回锋较长。一般用于两点的最后一点，与前一点相呼应。

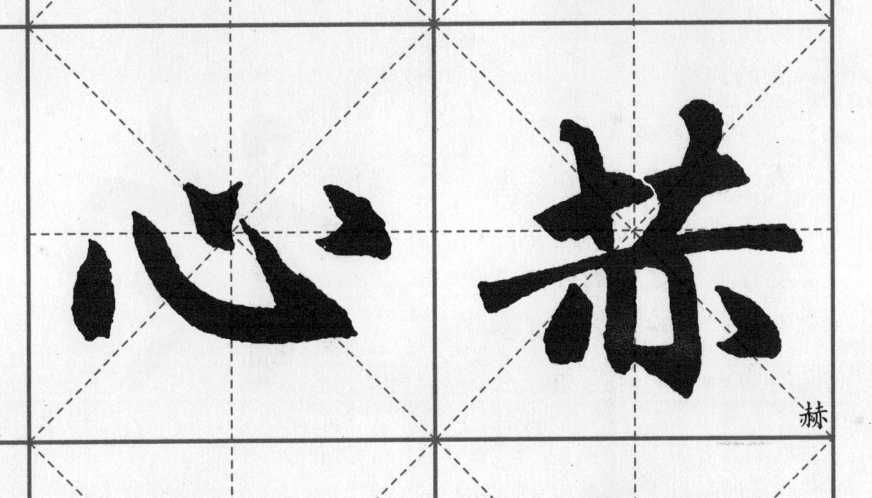

赫

侧点（四）

露锋起笔，向右下行笔作顿势，向左上回锋收笔，锋短。

长点

露锋起笔，向右下行笔，渐重，再渐轻，快速出锋，亦可直接回锋。

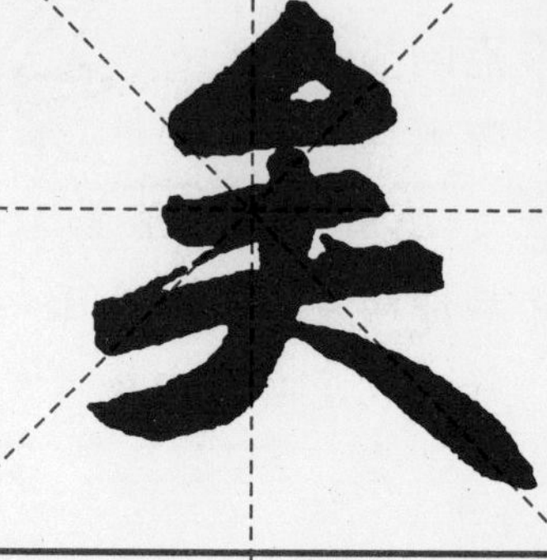

向上点

露锋起笔，向右下作顿势，转势向右上挑挑出。

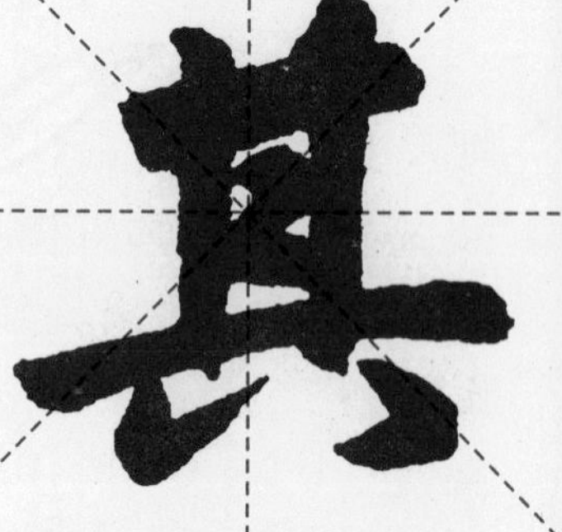

点的组合

点的组合有三种形式：一是左右点，二是上下点，三是聚合点。要注意点之间的呼应与变化，前一点的收笔要与后一点的起笔相呼应。

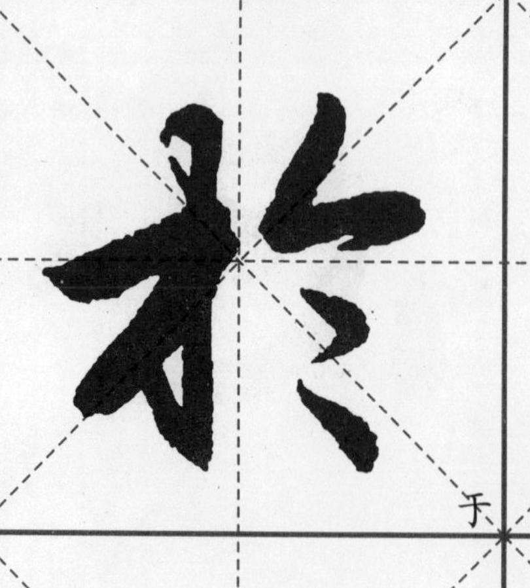

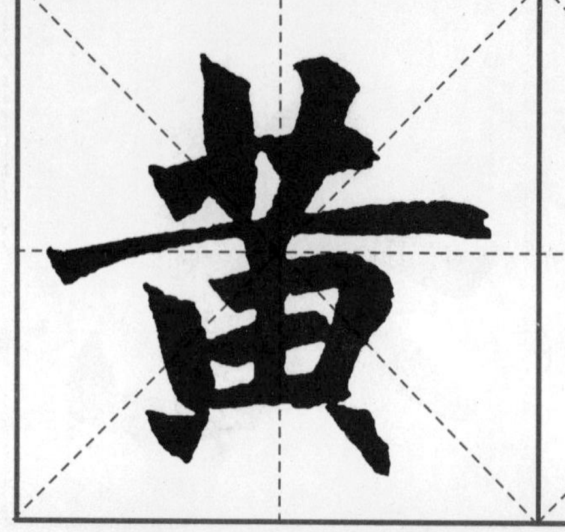

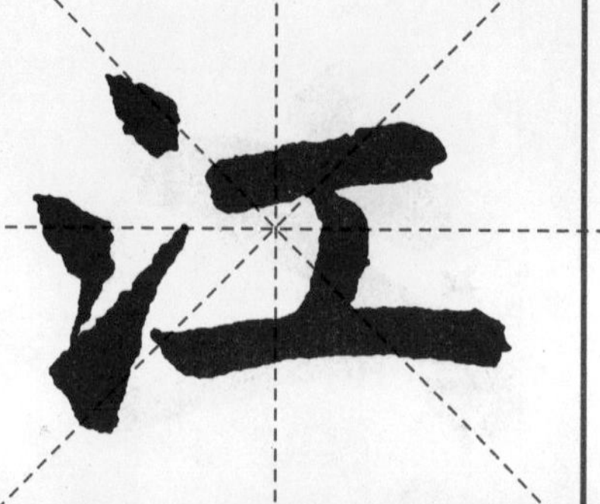

基本笔画训练　（赵孟頫楷书）

羽	受 受	念 念
紐 纽	悉 悉	憲 宪
以	無	鸞
求	乎	云

横画

尖头横

露锋起笔，由轻渐重，向右平出，回锋收笔，左尖右圆。

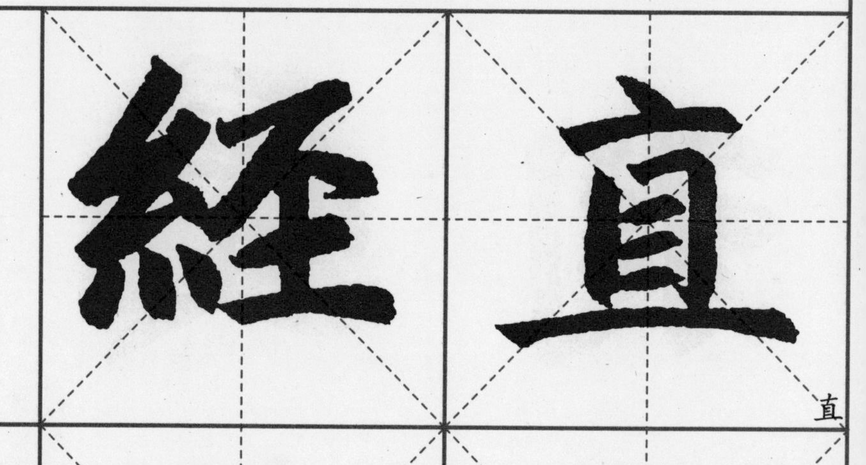

短横

方笔起笔，回锋收笔，行短而粗细均匀。

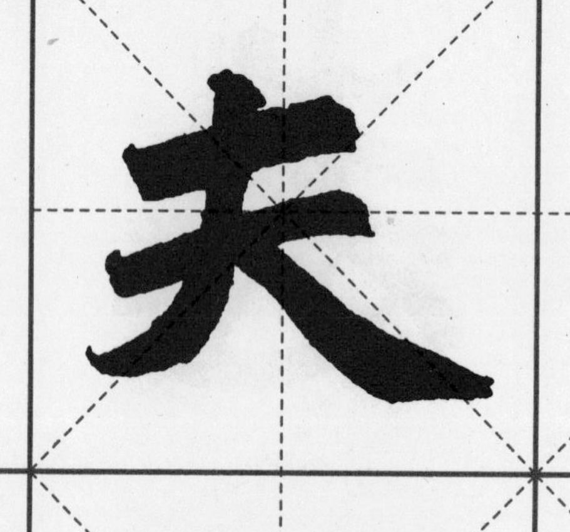

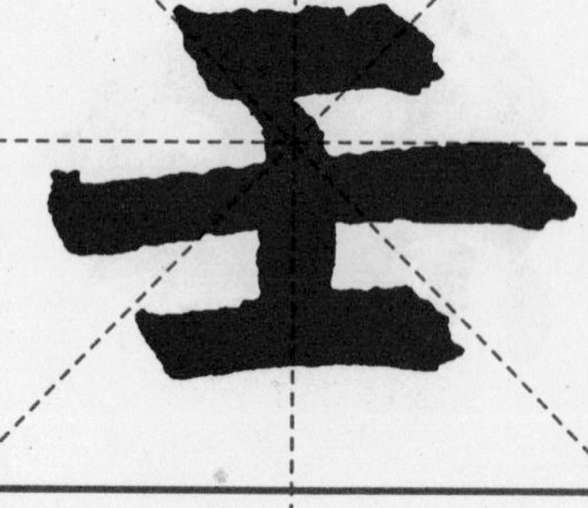

长横

露锋起笔，向右下作斜顿，再向右平出，中轻，且有弧度，收笔稍顿回锋。

横的组合

注意横画之间的长短、粗细、轻重、向北、平斜等变化以及呼应关系。

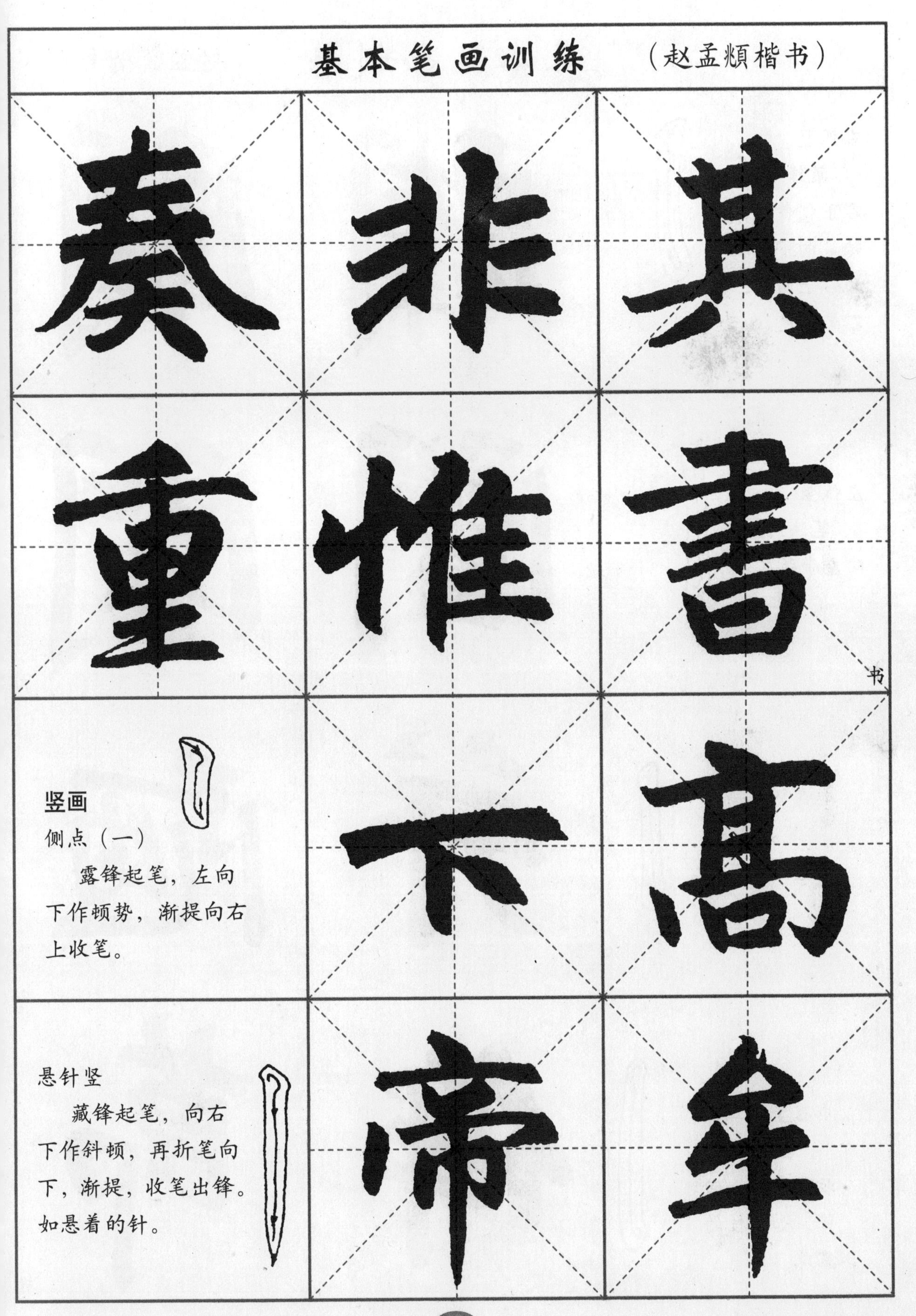

竖画

侧点（一）

露锋起笔，左向下作顿势，渐提向右上收笔。

悬针竖

藏锋起笔，向右下作斜顿，再折笔向下，渐提，收笔出锋。如悬着的针。

基本笔画训练 （赵孟頫楷书）

右弧竖

藏锋起笔，向右下稍作顿，即转笔向下，收笔向右上回锋，向右带弧度。

辟

关

左弧竖

笔法同上，向左带弧度。

阖

闵

垂露竖（一）

笔法同上，收笔向右上回锋。

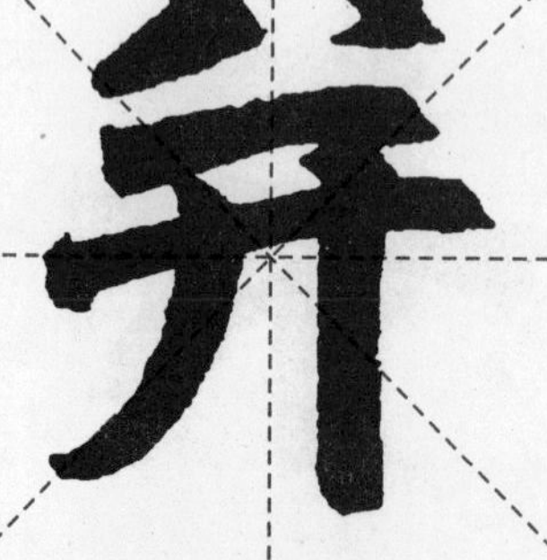

垂露竖（二）

笔法同上，收笔向左上回锋，如垂挂的露珠。

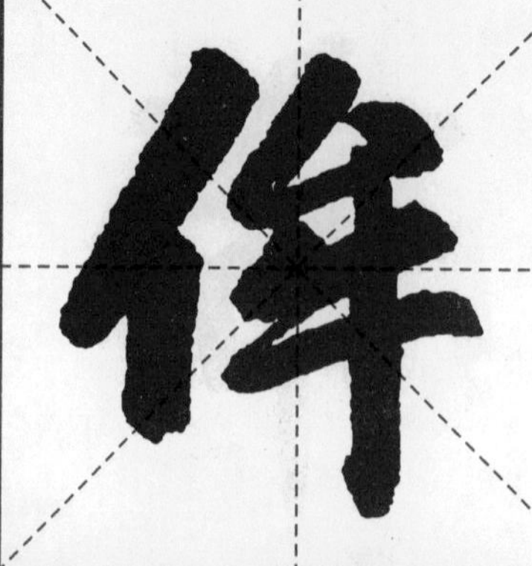

节

竖的组合

注意竖之间的向背关系和长短粗细变化，一般地说，短竖较粗、长竖较细。

伟

邦

備

备

惟

學

学

無

无

開

开

辟

非

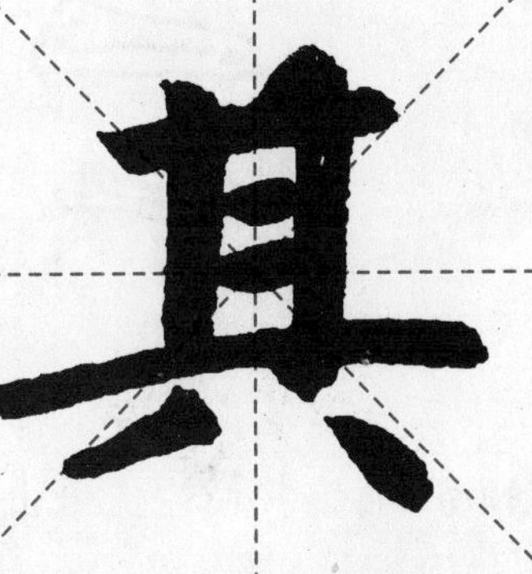

基本笔画训练　（赵孟頫楷书）

撇画

短撇

藏锋起笔，向右下作顿势，折笔向左下出锋，形直不带弧度。

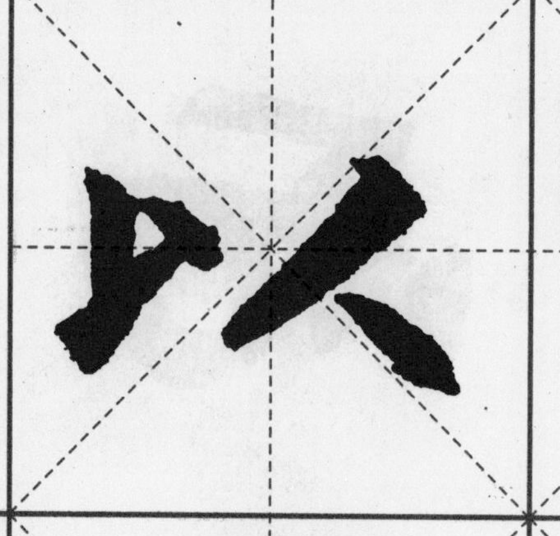

长斜撇

露锋起笔，向左下略顿，向左下撇出，形长而有弧度。

钩撇

藏锋起笔，作顿后转笔向左下带弧度撇出，至收笔处向左上回锋，形成钩状。

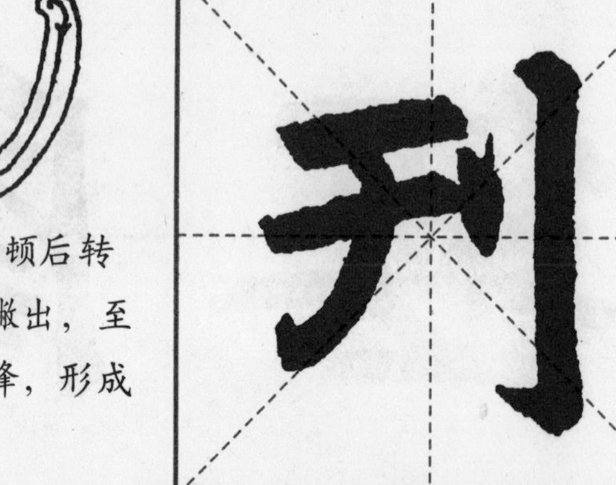

平撇

藏锋起笔，向右下作顿势，再渐提向左上平出。

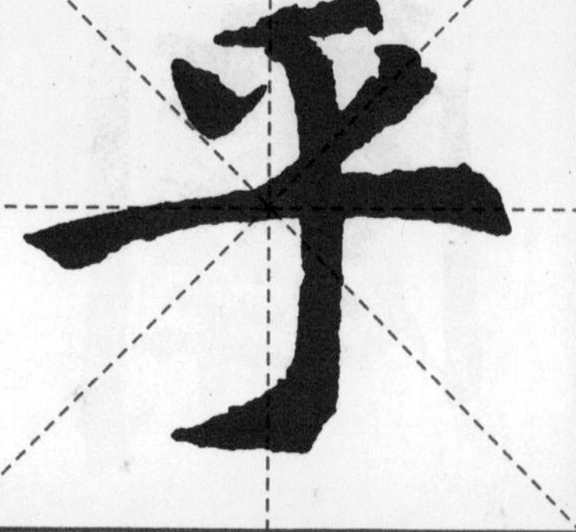

竖弯撇

先作竖状，至中部向左下带圆弧撇出。

更 戶

撇的组合

两撇相叠，须一直一弯，一长撇、钩撇交替使用。

欠 成

辰 厥 陽

阳

陵 奏 礪

基本笔画训练 （赵孟頫楷书）

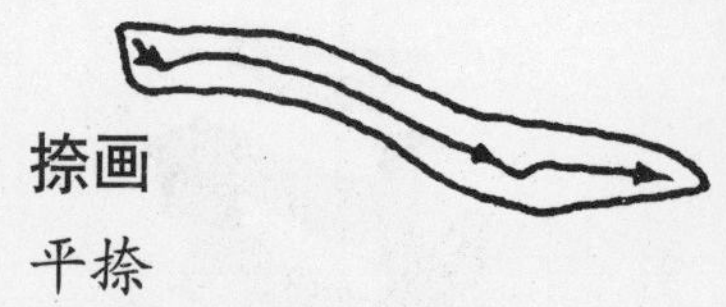

捺画

平捺

露锋起笔，向下稍顿后，即向右行笔，顺下行笔，渐重，收笔渐提平出。

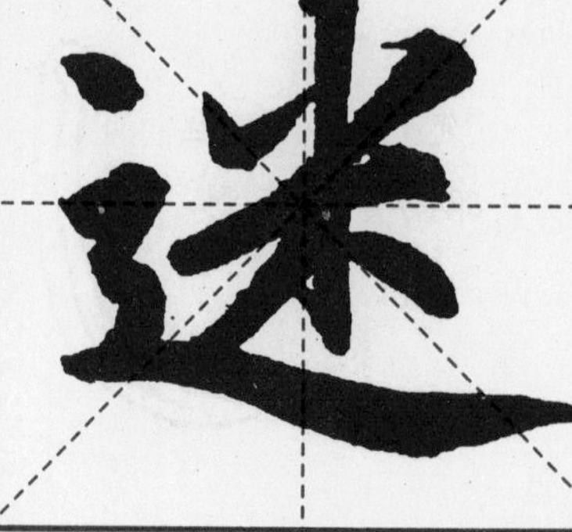

点捺（一）

方笔起笔，向右下行笔，至收笔处快速出锋。

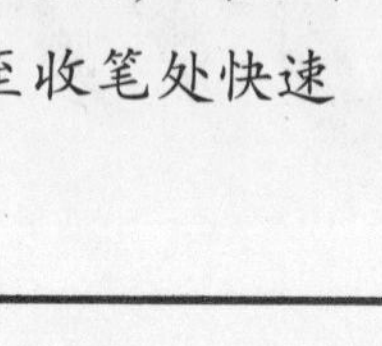

点捺（二）

露锋起笔，向右下行笔，渐重，再渐轻，收笔可回锋、可出锋。

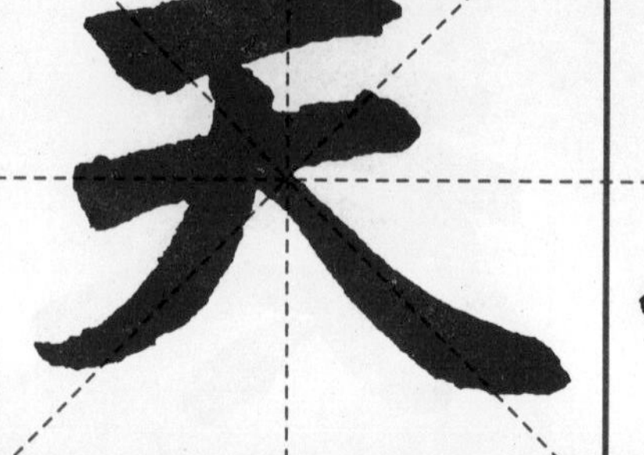

斜捺

露锋起笔，平捺后，即向右下行笔，由轻渐重，收笔渐提平出，锋饱满。

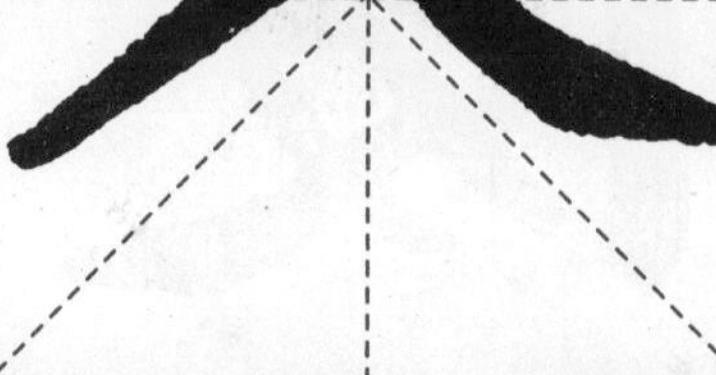

撇与捺的组合

捺能控制字的收与放，与撇配合支撑字的结构，书写时要注意字的平衡与收放关系。

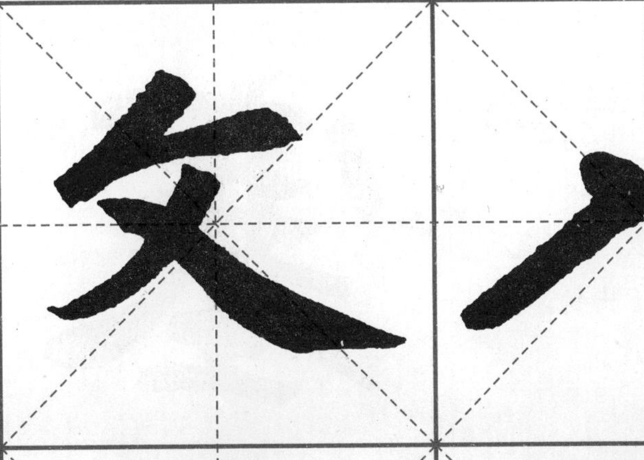

会

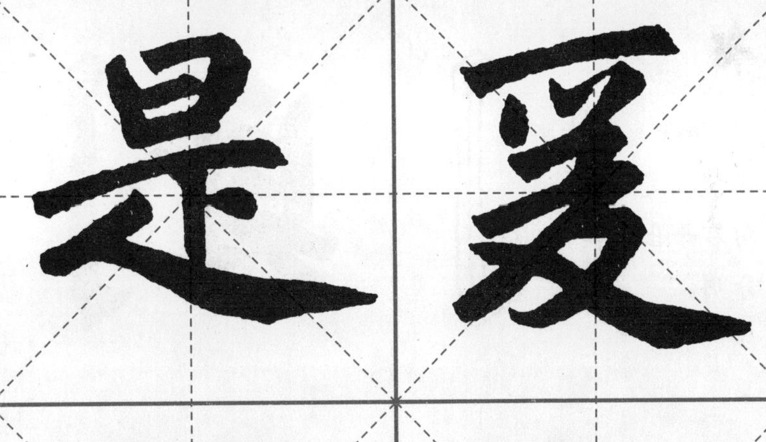

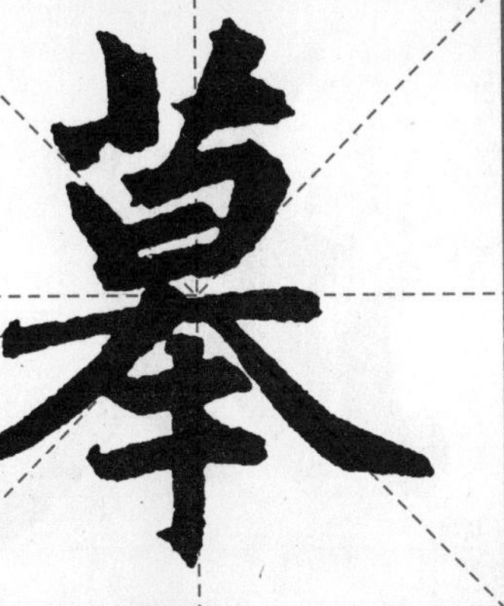

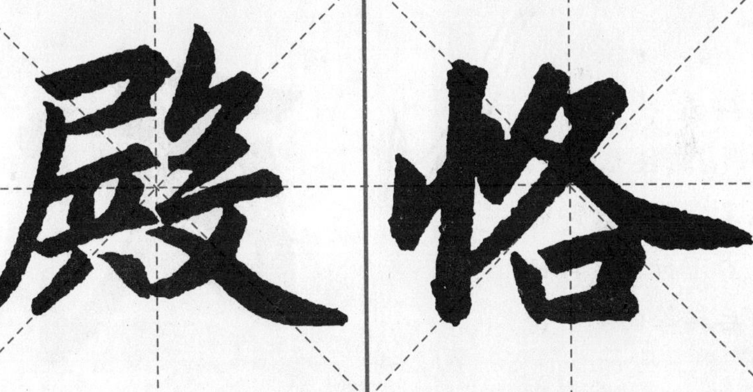

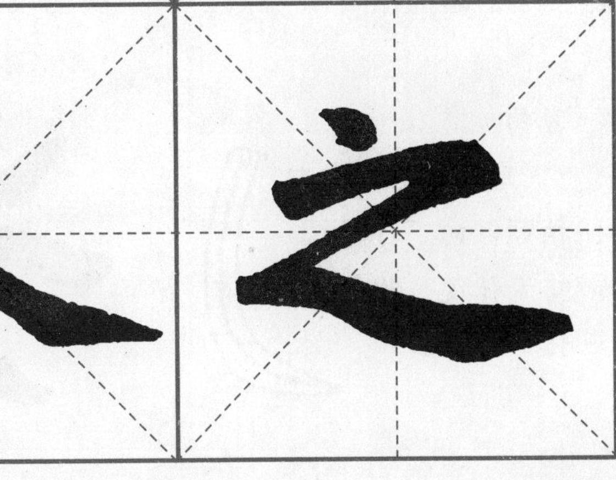

基本笔画训练 （赵孟頫楷书）

钩画

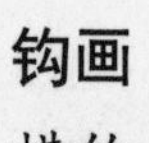

横钩

先作横笔，再提笔作顿势中左下出钩。角度要小于45^0度。

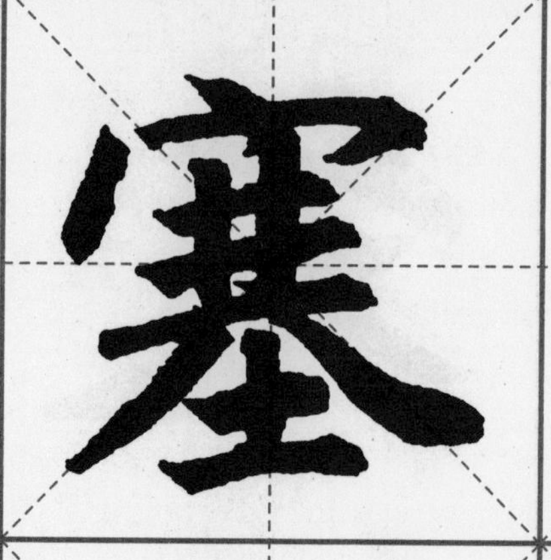

学

竖钩

藏锋起笔作竖状，收笔时转锋，向右平出，棱角分明。

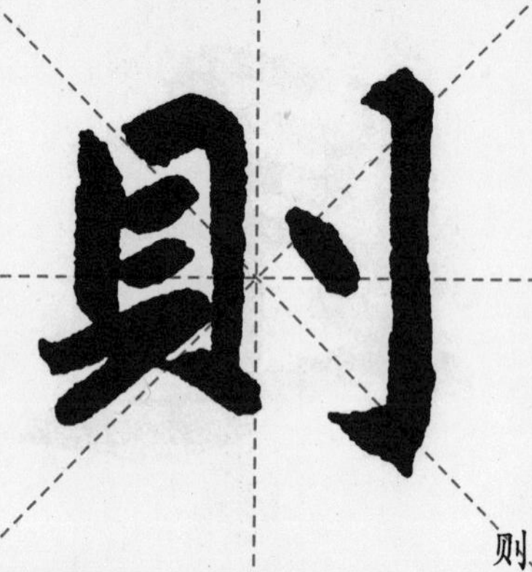

则

斜钩

藏锋或露锋起笔，作顿后即向右下行笔，再顿后转锋向上出钩。

民

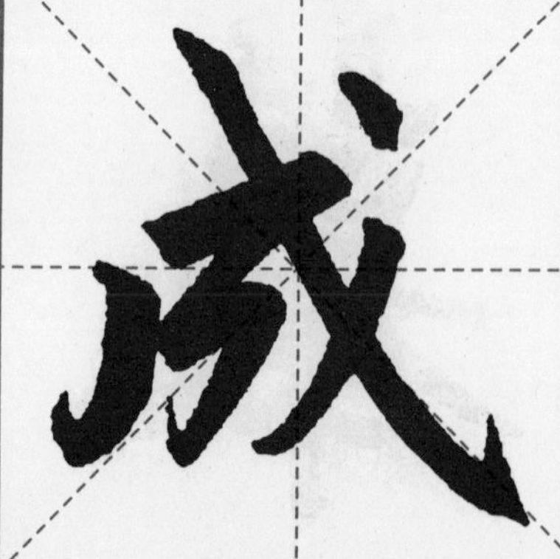

弯钩

露锋起笔，向右稍顿即向下行笔，略带弧度，收笔时，转锋慢慢出钩。

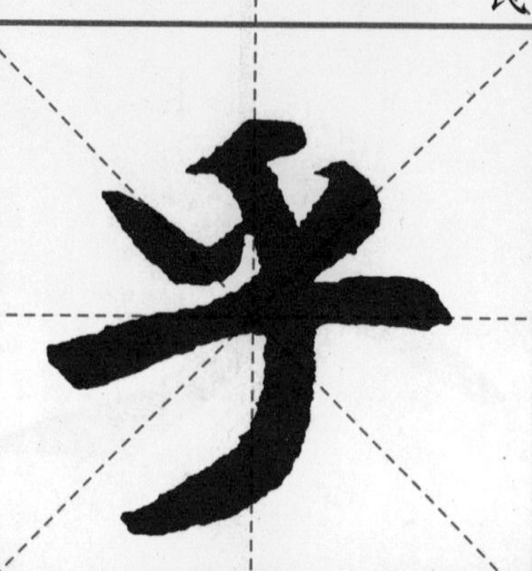

象

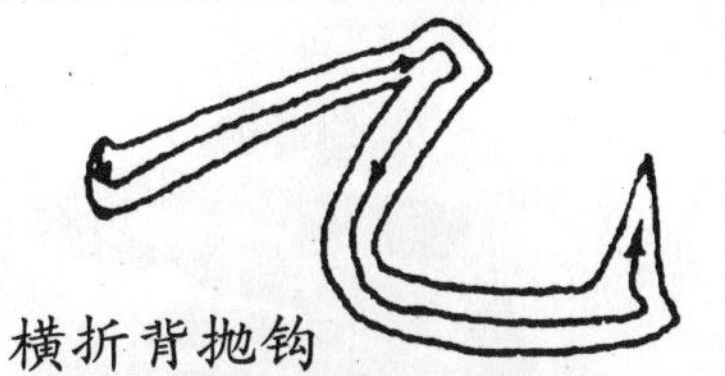

横折背抛钩

先作斜横，再折锋作顿向左下行笔，再转锋向右平出，收笔向上出钩。

横折钩

先作横笔，再顿笔折锋向下作竖笔，收笔向左上方出钩。

横折斜钩

先作横笔，再折锋向左下带弧度行笔，按90°角出锋作钩。

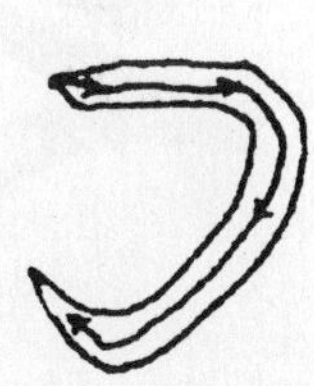

竖折钩

先作竖笔，略向左下行笔，再转锋平出，收笔时回锋，向上疾挑出钩，锋长。

卧钩

露锋起笔，由轻渐重，向右下行笔，带弧度，驻笔回锋向左上出钩。

虑

横折竖弯钩

方笔起笔，作横画再折笔向左下撇出，再由轻渐重向右下带弧度行笔，收笔时转锋出钩。左耳横长钩短，右耳横短钩长。

阴

提画

斜提

露锋起笔，向下作顿，再折锋向右上挑出。

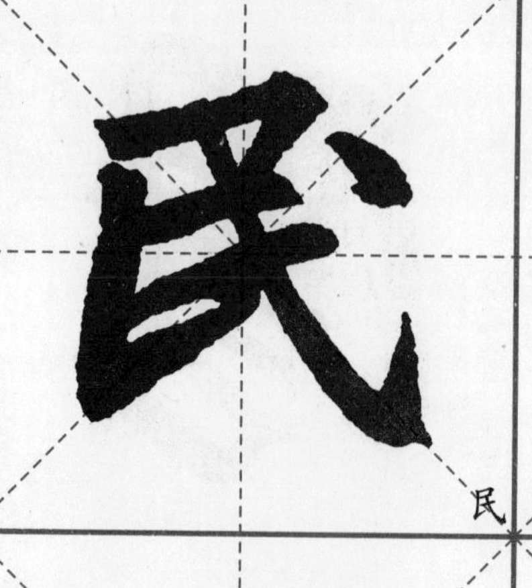

民

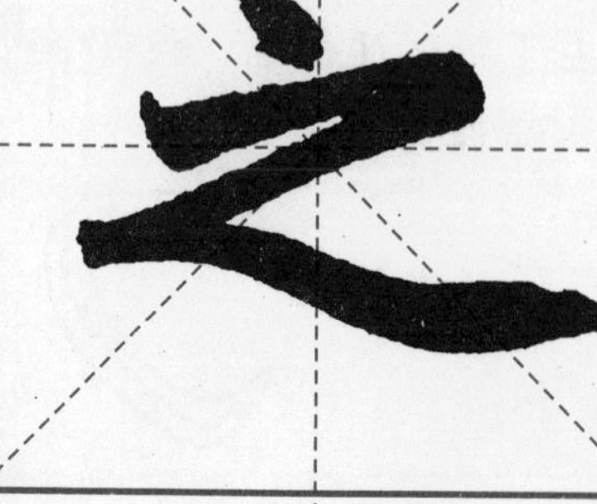

竖提

露锋起笔（亦可逆锋），作顿势，即折锋向右上挑出。

时

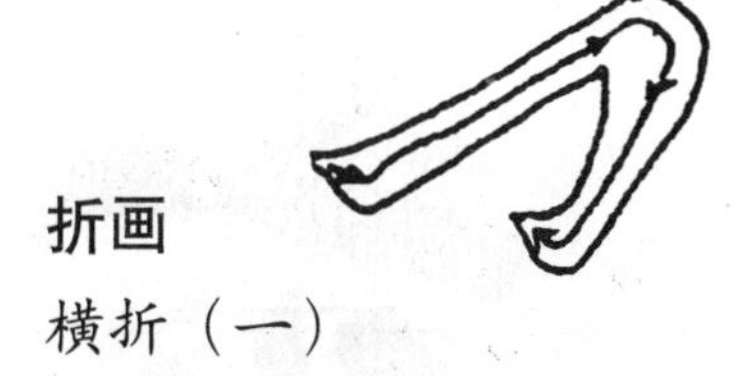

折画

横折（一）

先作横笔，提锋顿笔，再折锋向下，回锋收笔，横斜，折斜。

横折（二）

笔法基本同上，横长，折短。

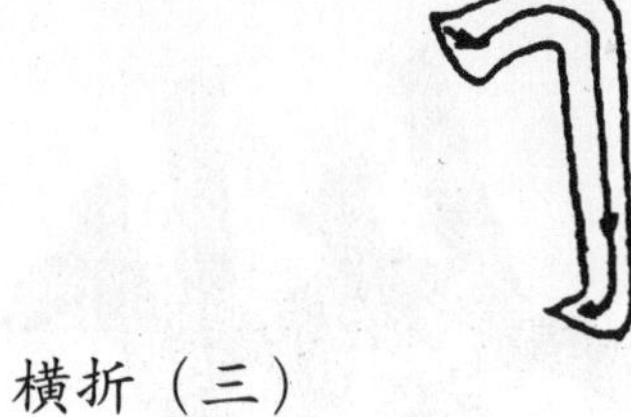

横折（三）

笔法基本同上，横短，折长。

横折撇

先作横笔，提笔重顿后，向左下撇出。

基本笔画训练（赵孟頫楷书）

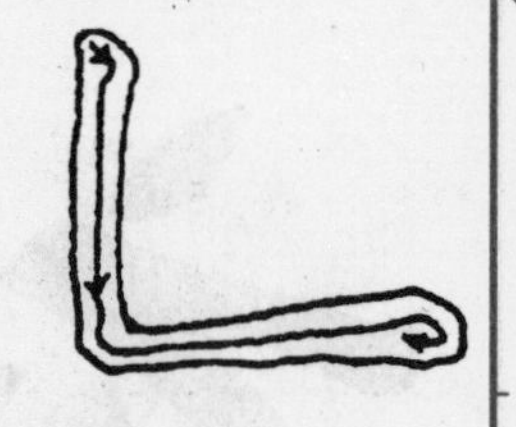

竖折（一）

露锋起笔，回锋收笔，先竖再横，竖略带弧度。

枢

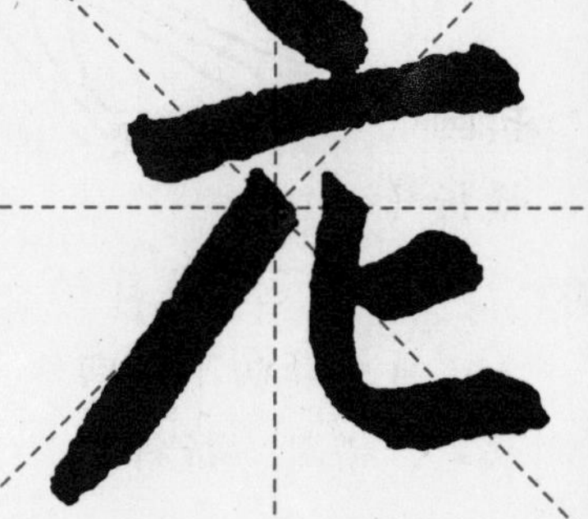

竖折（二）

露锋起笔，重顿后即向左下行笔，折锋向右行笔，向上回锋收笔。

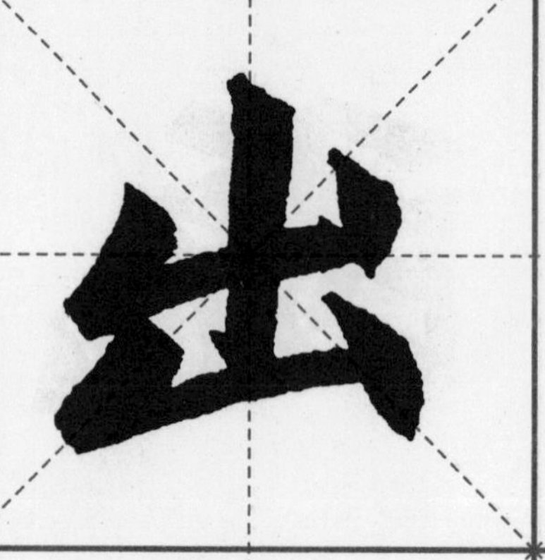

撇折点

以撇和点组成，撇长点短。

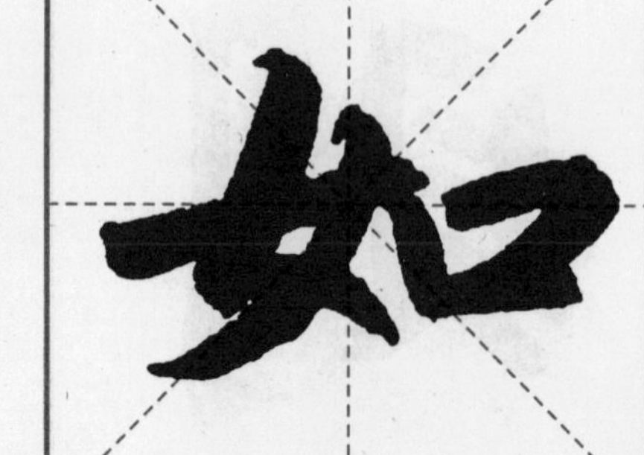

撇折挑

以撇和挑（提）组成，撇长挑短。

纽

基本结构训练 （赵孟頫楷书）

独体结构

方正平稳，对称均匀，长横、长竖、长撇、长捺向四面延伸，有拓展而无拘谨之意。

	内	氏
日	甲	玄
而	乎	之
弗	牙	天

氏

基本结构训练 （赵孟頫楷书）

上下结构

上边较宽放，以控制字的平衡，下边收缩为窄长型，用以支撑上部。

灵

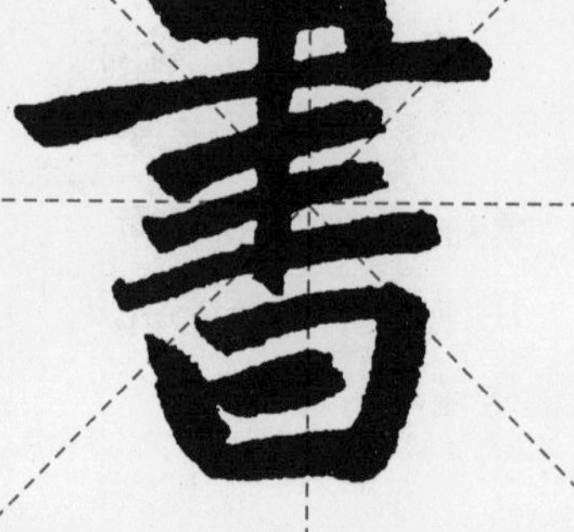
书

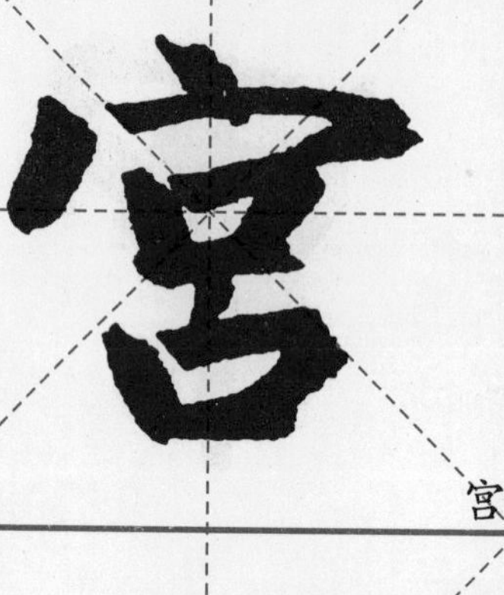
宫

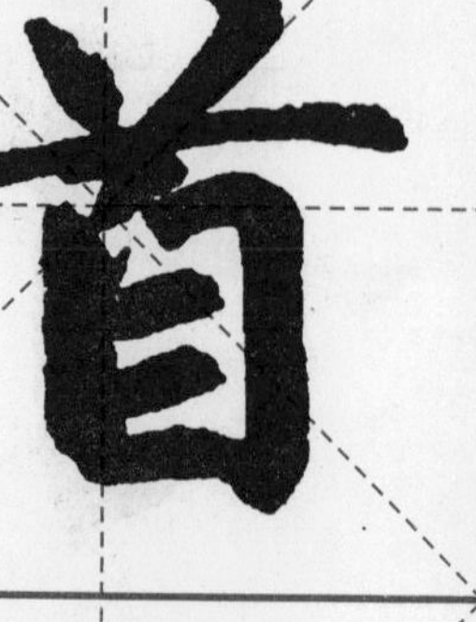

舍

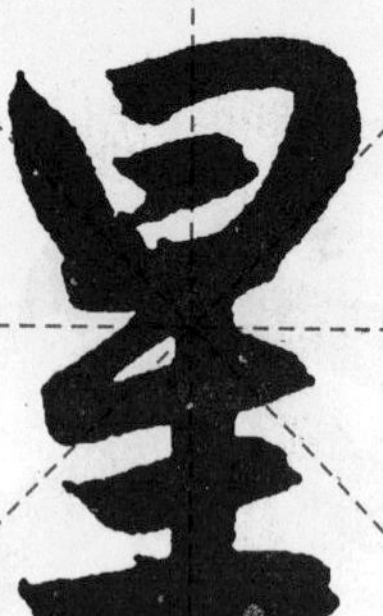

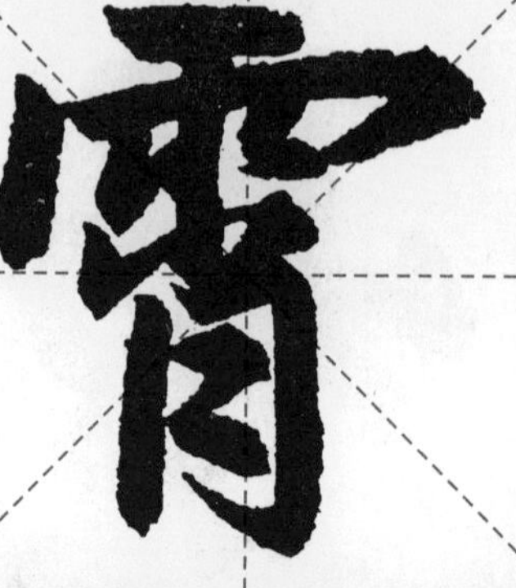

下宽型

上窄下宽，以长横和撇捺为主向左右拓展，起稳定重心的作用。

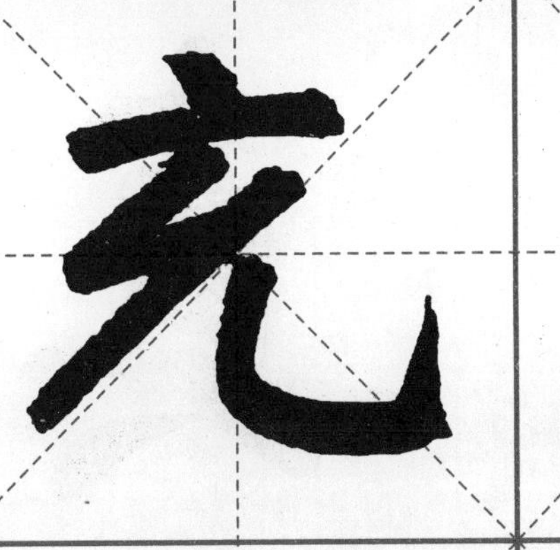

直

图

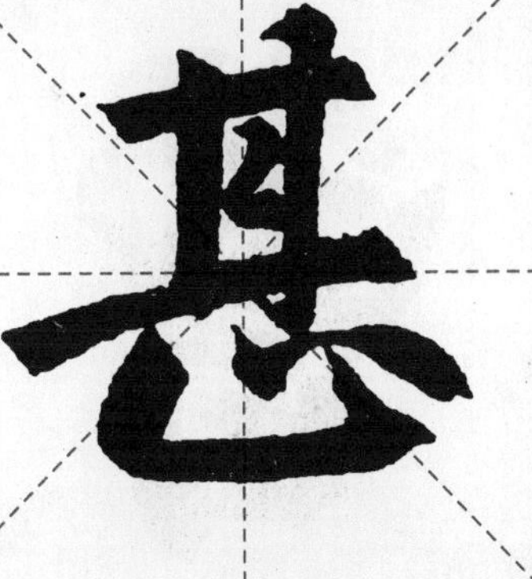

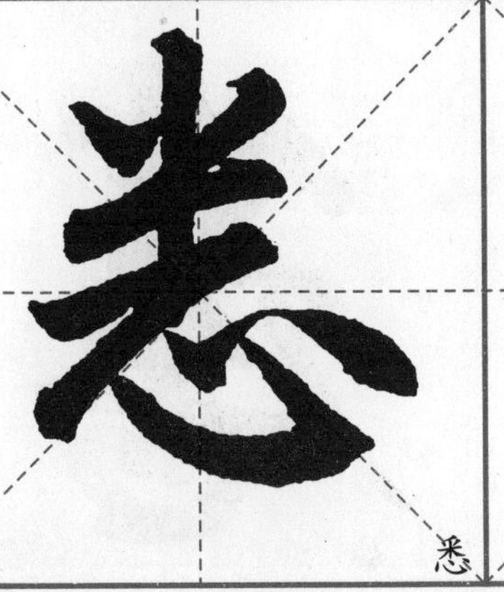

悉

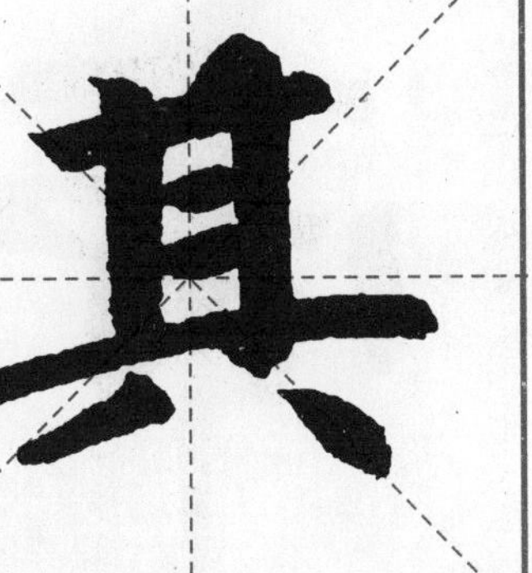

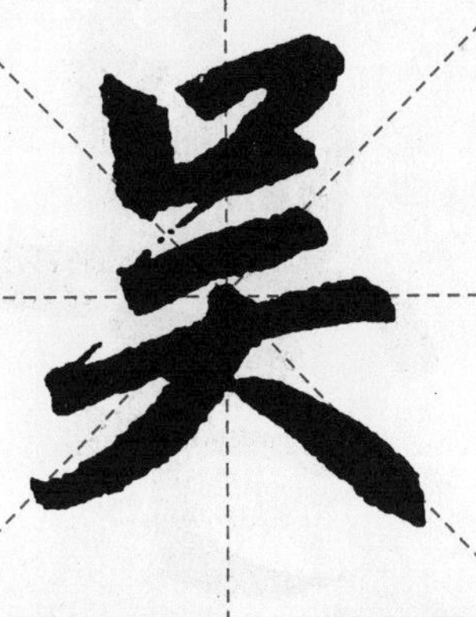

上中下结构

结构较长，上中下三部分收放效果要注意，或上放、或中放、或下放至少要有一到二个笔画向左右拓展，起平衡作用。

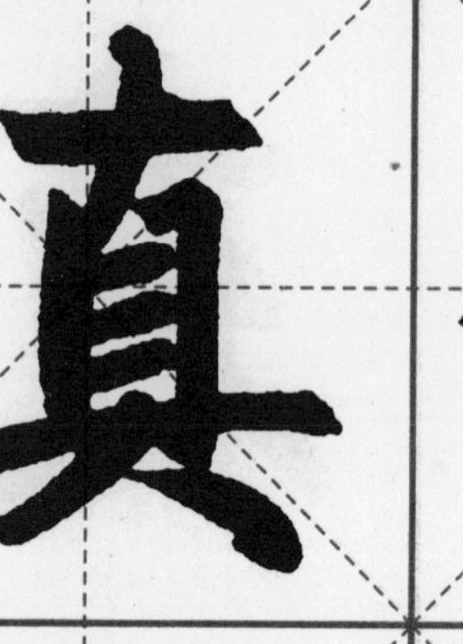

左右结构

让右型

左小右大，左边偏旁要避让右边的主体笔画，有些笔画还要改变大小、位置和角度。

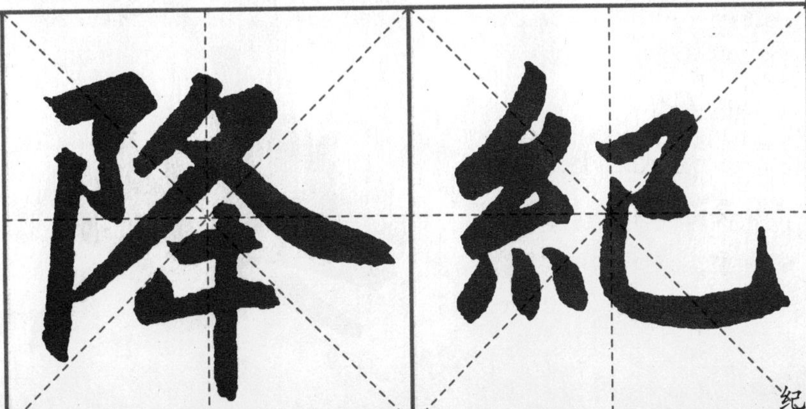

纪

视

设

基本结构训练（赵孟頫楷书）

让左型

左大右小，右部要避让右部的主体笔画。

欤

记

则

兽

观

孰

驭

树

基本结构训练 （赵孟頫楷书）

均等型

因为笔画大体均等，所以左右各占一半，但是不能互相分割，要有迎有让有呼应。

诸

归

语

壁

铜

铺

基本结构训练（赵孟頫楷书）

左中右结构

字形较宽。三部分之间要写得有收有放，疏朗而紧凑，笔画之间要注意穿插和迎让。

制 琳

剖 徽 劃 划

聯 联 惟 淅

鴻 鸿 側 侧 惟

穿插型

左右两部分通过笔画的相互穿插，填被 相互的空白，以达到和谐的统一。

联

瞩

基本结构训练 （赵孟頫楷书）

长短（高低）型

如结构较长，或一边有长笔，则另一边必须缩短，以求得收放均衡。

坛

枢

时

鸣

啮

驭

基本结构训练　（赵孟頫楷书）

包围结构

全包围的字要有透气性，外框不能密封，相对缩小一点，字要考虑平衡，里面的笔画要向开口方向延伸。

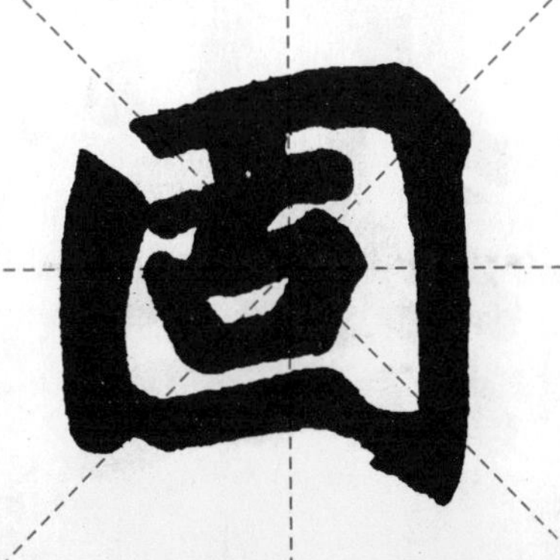

度

有　闢　虛

辟

庸　臣　同

屬　周　門

多体结构

上下结构中包含有左右结构。一定要收放有度，相互穿插，不可松散零乱。

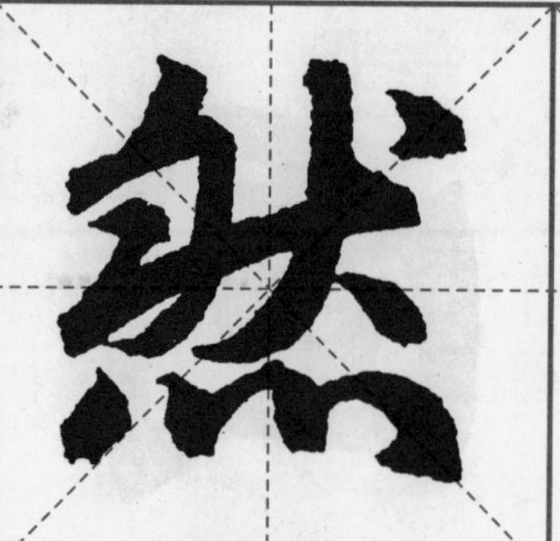

极

罗

鹭

贤

资

综合练习 （赵孟頫楷书）

面 而 目

面

士 可 曰

用 民 戶

西 由 所

所

综合练习　（赵孟頫楷书）

之　矣　之

弗　中　曰

土　百　三

土

人　之　言

政	身	者
者	爲 为	是
與 与	樂 乐	乎
其	足	內

综合练习 （赵孟頫楷书）

提	端	倪
垣	陳 陈	徒 徒
行	有	備 备
化 化	庸	作

詩 诗	謂 谓	頗 颇
館 馆	詞 词	卯
鏑	銘 铭	始
於 于	明 明	頫

综合练习 （赵孟頫楷书）

崇	萬 万	高 高
羅 罗	箸	簷
壹	舉 举	學 学
容	靈 灵	無 无

综合练习 （赵孟頫楷书）

墙 墙	時 时	改
强	陽 阳	壁 壁
深	江	道
脱 脱	捐 捐	前

综合练习 （赵孟頫楷书）

臨 歟 庭

临 欤

彷 視 朝

视

玥 坤 故

牖 煌 謂

谓

综合练习
（赵孟頫楷书）
受
万
无
宪
鸾
高
翠

综合练习　（赵孟頫楷书）

出	月	更
所（所）	身	求
民（民）	酉	不
為（为）	重	用

综合练习　（赵孟頫楷书）

端	何	彼
輝（辉）	墻（墙）	樞（枢）
佛	陋	深
横	稱（称）	時（时）

综合练习 （赵孟頫楷书）

处		
飚	赵	气
广	运	层
		或

综合练习 （赵孟頫楷书）

朝 刊 欲

額 新 殿

额

割 則 列

则

初 額 能

额

孟	益	與 与
眾 众	歲 岁	樂 乐
飛 飞	發 发	是
嚴 严	麗 丽	先